Daifní
Dineasár

Áine Ní Ghlinn

• Léaráidí le Michael Connor •

THE O'BRIEN PRESS
DUBLIN

An chéad chló 2001 ag The O'Brien Press Ltd,
12 Bóthar Thír an Iúir Thoir, Ráth Garbh, Baile Átha Cliath 6, Éire.
Fón: +353 1 4923333; Facs: +353 1 4922777
Ríomhphost: books@obrien.ie; Suíomh gréasáin: www.obrien.ie
Athchló 2003, 2004, 2007, 2010.

ISBN: 978-0-86278-745-5

British Library Cataloguing-in-Publication Data
Ní Ghlinn, Áine
Daifni Dineasar. - (Sos ; 4)
1.Children's stories
I.Title II.Connor, Michael
891.6'2343 [J]

5 6 7 8
10 11 12 13

Faigheann The O'Brien Press cabhair ó
An Chomhairle Ealaíon

the arts
council
schomhairle
ealaíon

Faigheann The O'Brien Press cabhair
ó Bhord na Leabhar Gaeilge

Eagarthóir: Daire Mac Pháidín
Dearadh leabhair: The O'Brien Press Ltd
Clódóireacht: Bercker Ltd.

Do mo pháistí
Seán, Niall agus Conall

Rith Conall agus Niall
isteach an doras.
'A Mhamaí,' arsa Conall,
'tá tarbh sa ghairdín!'

'**T-t-tarbh**!' arsa Mamaí.

'Sea,' arsa Niall,

'agus tá sé mór!'

'An-mhór!' arsa Conall.

'Agus fíochmhar!' arsa Niall.
'D'fhéach sé orainn
agus dúirt sé **BHÚÚÚ**!'

'Mar seo. Féach!'

Fuair Mamaí scian mhór.

Amach léi sa halla.

D'oscail sí an doras.

D'fhéach sí amach.

Ní raibh aon tarbh le feiceáil.
Ní raibh ainmhí ar bith
sa ghairdín.

Chuala sí Conall agus Niall
ag gáire.
Isteach léi arís.

'Amadán Aibreáin!'
arsa an bheirt acu
le chéile.

D'fhéach Mamaí
ar an bhféilire.
An chéad lá de mhí Aibreáin
a bhí ann.
Lá na nAmadán!

Thosaigh Mamaí ag gáire.

'Anois, amach libh
agus nígí bhur lámha.
Nach bhfuil sibh
ag dul go dtí an phictiúrlann
le Mamó?'

'Tá,' arsa Conall.

D'fhéach Conall ar Niall.
Chaoch sé súil air!

Chuir sé a lámh
isteach ina phóca.

Ní fhaca Mamaí an lámh
ag sleamhnú isteach
sa phram!

Amach leo sa seomra folctha.
Ach níor thosaigh siad
ar na lámha a ní.
'Éist!' arsa Conall.

Chuala siad Aisling
ag caoineadh.
Chuala siad Mamaí
ag caint léi.

Thosaigh na buachaillí ag comhaireamh.

10 A deich

9 A naoi

8 A hocht

7 A seacht

6 A sé

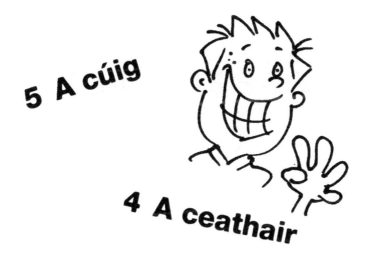

5 A cúig

4 A ceathair

'Seo anois, a stóirín,'
arsa Mamaí. 'Suas leat.'

3 A trí

2 A dó

1 A haon

Rith Niall agus Conall
isteach sa chistin.
'Céard tá ort, a Mhamaí?'
arsa Niall.

Bhí scuab ina láimh
ag Conall.
'Maróidh mise é!' ar seisean.
Bhí luchóg bheag
ina láimh ag Mamaí.
Luchóg bhréige.

D'fhéach Mamaí ar Chonall.
'Cén chaoi a raibh a fhios agat
go raibh rud éigin
le marú?'

'Úps!' arsa Conall.
'Caithfidh mé
mo lámha a ní.'

'Mise freisin,' arsa Niall.

'Fanaigí beirt anseo,'
arsa Mamaí.

D'fhéach sí ar an luchóg.

D'fhéach sí ar na buachaillí.

'Ná bí crosta, a Mhamaí,'
arsa Niall.
'Bhuel,' arsa Mamaí,
'bhain sibh geit asam.'

'Tá brón orainn,'
arsa na buachaillí.

Chuala siad carr Mhamó
sa chlós.

'Bígí go maith anois,'
arsa Mamaí.
'Agus **bígí go maith**
do Mhamó. Slán libh!'

Leathuair a' chloig
ina dhiaidh sin,
bhí an teach ciúin.

Bhí Aisling ina codladh
sa phram.
Shuigh Mamaí síos ar an tolg.
Thosaigh sí ag léamh
an nuachtáin.

Taobh istigh de chúpla
nóiméad, áfach,
bhí sise ina codladh freisin.

Níor chuala sí
an doras á oscailt.

Ní fhaca sí **Daifní Dineasár**
ag teacht isteach
sa halla.

D'fhéach Daifní isteach
sa seomra suí.
Chonaic sí Mamaí.
Chonaic sí Aisling.
'Mmm!' arsa Daifní.
'Ní hí seo an chistin!'

Chas sí thart.

Chonaic sí doras eile.

Isteach léi.

'Mmm,' ar sise.
'Boladh deas!
Tá an-ocras orm.'

Bhí a lán cófraí sa chistin.
D'oscail Daifní
an chéad cheann.
Bhí cáca mór seacláide ann.

Thosaigh Daifní ag ithe.
Níorbh fhada go raibh
an cáca ar fad
ite aici.

'Íumm,' ar sise.
'Bhí sé sin go deas.'

D'oscail sí doras eile.
Chonaic sí boiscín bainne
ar an tseilf.

D'ól sí gach braon bainne
a bhí sa bhoiscín.

Ansin thosaigh sí ar an mbia.

D'ith sí trí iógart.

D'ith sí an cháis go léir.

D'ith sí an t-im go léir.

'An-deas,' arsa Daifní léi féin,
'ach fós, tá ocras orm.'

Shiúil sí ó chófra go cófra.

D'ith sí an t-arán.

D'ith sí an subh.

D'ith sí na brioscaí.

D'ith sí cúig bhanana.

D'ith sí trí oráiste.

D'ith sí ceithre úll.

D'ith sí na málaí tae go léir.

'Mmmm,' arsa Daifní.
'An-deas.
Ach tá tuirse orm anois.'

Amach léi sa halla arís.

Chonaic sí staighre.

Suas léi.

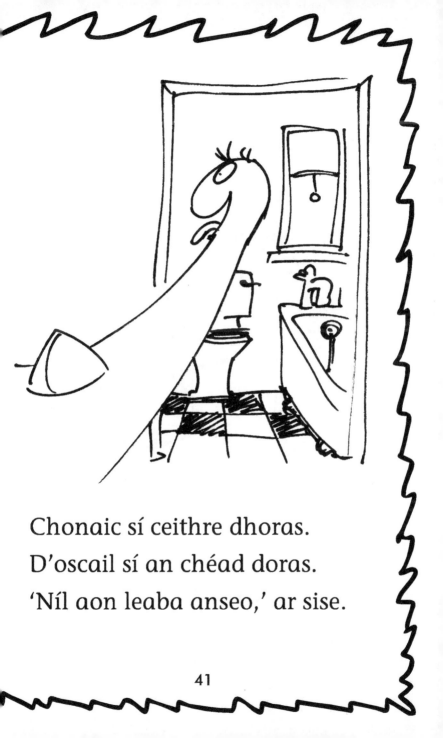

Chonaic sí ceithre dhoras.

D'oscail sí an chéad doras.

'Níl aon leaba anseo,' ar sise.

D'oscail sí an dara doras.

Bhí leaba mhór ann.

Ach bhí **ollphéist** sa chúinne!

'Ní féidir liom dul a chodladh
sa seomra seo,' arsa Daifní.

D'oscail sí an tríú doras.
Chonaic sí
leaba bheag bhídeach.
Bhí teidí beag ann.
'Tá an leaba sin
róbheag domsa,' arsa Daifní.
'Ach is maith liom an teidí.'

D'oscail Daifní an doras eile.
Chonaic sí seomra álainn.

Bhí dhá leaba ann.
Bhí a lán bréagán ann.

Bhí teidí i ngach leaba.
Bhí dineasár beag
i leaba amháin.

Chuir Daifní an dá leaba
le chéile.
Léim sí isteach
sa dá leaba.
Thug sí an dá theidí
agus an dineasár beag buí léi.

I gceann cúpla nóiméad
bhí Daifní ina codladh.
Thosaigh sí ag srannadh.

'**Fffffff** ... **Ssssssssss**!
Fffffff ... **Ssssssssss**!'

Tar éis tamaill tháinig carr
isteach sa chlós.
Léim Niall agus Conall
amach as an gcarr.

'Go raibh míle maith agat,
a Mhamó,' arsa Niall.
'Bhí an scannán go hiontach.'

'Agus na sceallóga,'
arsa Conall.

'Isteach libh anois,'
arsa Mamaí.

'Go raibh míle maith agat,
a Mhamó.

Ar mhaith leat cupán tae?'

'Níor mhaith liom,'
arsa Mamó. 'Táim traochta.

Rachaidh mé abhaile.

Slán anois.'

Istigh sa chistin,
bhí Niall ag féachaint
isteach sa chuisneoir.
'Níl aon bhainne fágtha,'
ar seisean.

'Ach cheannaigh mé bainne
ar maidin,' arsa Mamaí.
'Ná habair gur
cleas eile é seo!'
'Ní hea,' arsa Niall.
'Féach. Níl **rud ar bith**
sa chuisneoir.'

D'fhéach Mamaí
isteach sa chuisneoir.
Bhí ionadh uirthi.

'B'fhéidir gur tháinig
ollphéist isteach sa teach,'
arsa Niall.

'Ollphéist? Ní dóigh liom é!
Sibhse a d'ith gach rud,
is dócha,' arsa Mamaí,
agus í ag gáire.

'Ach–' arsa Niall.

'Ní–' arsa Conall.

'Anois!' arsa Mamaí.

'Pitseamaí! Leaba! Suas libh!'

'Ach tá eagla orainn
dul suas an staighre,'
arsa Niall agus Conall.

'Cén fáth?' arsa Mamaí.
'B'fhéidir go mbeadh
ollphéist faoin leaba,'
arsa Niall.
'Nó **dineasár**,' arsa Conall.

Thosaigh Mamaí ag gáire.
'Seafóid!' ar sise. 'Éirigí as
bhur gcuid cleasaíochta!
Suas libh anois.'

Amach le Niall agus Conall.
Suas leo – suas an staighre.

Stop siad ag barr an staighre.
Chuala siad torann aisteach.

'Ffffffff ... Sssssssssss!
Ffffffff ... Ssssssssss!'
'Céard é sin?' arsa Conall.

D'oscail siad doras
an tseomra codlata.
Chonaic siad an dá leaba
curtha le chéile.

Chonaic siad Daifní Dineasár.

'Áááááááááá!'

Síos leo – síos an staighre.
'A Mhamaí, a Mhamaí,'
arsa Niall agus Conall
d'aon ghuth.
'Céard é?' arsa Mamaí.

'A Mhamaí!
Tá dineasár sa leaba!'

'Há-há-há-há-há,'
arsa Mamaí,
agus í ag gáire.
'Cleas eile!'